关于这套丛书：

对过去、现在、未来的延续性思考，是需要拿出点勇气的。而要完成一种转变，需要付出的恐怕就不仅仅是勇气了。

"中国现代艺术品评丛书"的出版，下意识地为 20 世纪中国艺术向现代形态转变提供了一点参照数。同时，也作为献给中华民族文化以及她自己的现代艺术家的一分爱心。

广西美术出版社社长、编审

中国现代艺术品评丛书

主　编:水天中

副主编:戴士和

　　　苏　旅

马　路

前　言

　　20 世纪是中国绘画由古典形态向现代形态转变的历史时代，古今、中外各种艺术因素的承接、嬗变、冲突、融汇，构成波澜起伏的艺术奇观。西方绘画自进入中国之后，也是在近百年中得到很大发展。到 20 世纪后期，它已经成为拥有广泛欣赏者的绘画品种。

　　20 世纪 80 年代是中国人民抛弃了左的文化专制主义，绘画艺术迅疾繁荣的年代。80 年代的十年中，除了艺术风格的多样化之外，一大批新起的画家成为绘画创作的骨干力量，是这一时期画坛最引人注目的变化。这些画家是从 80 年代开始创作活动的，他们不受拘束地借鉴古今中外的绘画精华，在深入了解、深入思考中国现实物质生活和现实精神生活的基础上，力求创树具有个性色彩的艺术风貌。创作了一批蕴含着中国人的精神、气度、而不一定具备传统绘画形式的作品。在艺术观念和绘画语言的许多方面，都与他们的前辈迥然不同。国内外一些具有敏锐鉴别力的评论家、鉴藏家和绘画爱好者，对这些画家的作品已经给予极大的关注。但在另一方面，他们的艺术仍然没有得到广泛的了解，甚至还被误解和歪曲。"中国现代艺术品评丛书"从 80 年代活跃于画坛的画家中，选出代表性人物，分册编选他们的代表作，由画家本人提供创作自述，并请对某一画家有深入了解的评论家撰写专文，对画家的艺术作全面评介，冀此使中国现代绘画得到更多的知音。

　　中国现代艺术正朝着成熟期发展，本丛书所介绍的画家也都处于各自创作生活的上升期。我知道对他们的艺术创作，还会有种种不同的争论，但他们的创作活动，必将对中国绘画的未来产生越来越大的影响。

水天中

1992 年 6 月于美术研究所

是谁第一个把基弗、巴塞利茨们的新表现主义带进中国？在'85新潮的狂风洪流中，马路一度先知式的独自吟唱被淹没了，然而在洪水过后的河道上，我们发现马路的艺术依然如一杆不倒的航标站立着，并没有像诸多的先锋们那样随风而逝，这才使我们回忆起他的那幅中国新表现主义的开山之作《飞过大洋的蝴蝶》。

　　马路对20世纪末中国美术的贡献在于他用新表现主义的风格记录了中国一个焦躁而混乱的时代。在这个时代里，传统的思维大厦轰然倒地，而新的精神支柱甚至还未找到奠基点。当然，马路的艺术只是画家心境的无奈自白，但却因其感情的真挚和直觉的锐利而具备了阐释现实文化的意义。同时，马路在色彩和造型上的出色追求表明，他不仅曾经是新表现主义在中国的始作俑者，而且也是一个只倾听自己心灵歌唱的艺术家。在马路一系列时而疾风骤雨、时而喃喃自语的作品中，西方的圣乐在逐渐远去，而东方的智者之声日益高亢，这既值得鼓舞又使人忧虑，因为内容与形式的分离已经使马路显出某种彷徨和局促。但作为一名曾经开一代新风的画家，马路仍将赢得画坛的崇敬。

苏旅

马 路

心　镜

——马路艺术述评

●易　英

一

人们总是喜欢回忆 80 年代中期那段令人眼花缭乱的岁月,用"明天的太阳总是新的"来形容当时人们的心态似乎很恰当,仿佛每天都有新的画家挟带着新的思想冲击着人们的感觉和思路。艺术似乎在顷刻之间失去了方位,任由一代新人在画坛上驰骋。当时就有人预言,大江奔腾,泥沙俱下,时间将作出无情的裁决,任何思潮、流派或艺术家都必须面对这种裁决作出自己的申辩,或声明自身存在的理由,或悄无声息地被历史遗忘。如今'85 新潮已成为历史,不论在今天或将来怎样对它的功过进行评价,对于很多人来说,它已成为他们自身的一段历史,成为他们走向中国现代艺术的一个起点。不论是对它作冷静的反思,还是执迷不悟地继续追求它的宗旨,它都造就了这一代青年艺术家。马路应该属于这一代人。他的小舟在大潮涌起的时候驶入江河,但并没有被大潮吞没,当汹涌的潮流汇入平缓的江面的时候,他反而以更加成熟的思想和技艺把握着自己和艺术的航船。

1985 年春,在朝阳区文化馆内一个不太为人所知的展厅里,马路、广曜和中央戏剧学院的青年教员、同样是毕业于中央美术学院的夏小万一道举行画展,当时正是'85 新潮的初期,但这种带有个展和三人联展性质的画展还相当少见。马路刚刚从西德留学回来,可以说是利用这个机会初试锋芒。这个展览对夏小万来说是崭露头角,而马路留给观众的却是困惑。很显然,夏小万的作品完全置身于现实的生活和感受,充满孤独和苦闷的呐喊,很容易引起人们的共鸣。他的画从表面看带有表现主义的狂野,而在实质上却反映了当时一些青年画家所极力追求的理性精神。只要置身于那个时代的焦虑,就能理解他画中的那些象征和隐喻。而马路,他真正来自表现主义的故乡,却显得那么淡泊和超然。当一些年轻人匆匆忙忙地从外国画册中寻找灵感的时候,马路则是从另一个方向带来了典型的洋货。他在几个镜框里用剪贴的画报拼成简单的图形,在中国算是最早玩起了波普艺术,因为劳申柏在北京的展览还是下半年的事。但观众在对现成品艺术毫无概念的情

2

况下，不清楚马路是在通过剪下的画报照片里的内容来表达某种暗示，还是在拼贴偶然的装饰效果。他的油画给人们留下的印象较为深刻，但这种深刻也只是停留在样式的新颖，在近乎抽象的画面上显得那样轻快而透明，似乎他是采用了一种反叛的形式，但在主观上全然没有反叛的精神。同年11月，马路参加了名为"十一月"画会的展览，在这个展览上，人们关注的仍然是新的视觉效果和理性精神，他的作品还是不被理解。在这之前，马路在《世界美术》上发表了一篇介绍德国新表现主义的文章——《回到绘画的怀抱》，这篇文章一方面为人们了解新表现主义打开了一个窗口，同时也为他自己的艺术作了一个注脚。也就是在"十一月"画展上，人们才开始注意这个在画面上恣意纵横而又不露声色的年轻人。投身到新潮美术的一些青年批评家从马路的画中看到了新表现主义的影子，但试图从中发现某种可以按照我们习惯的逻辑来进行解释的时候却感到了无形的阻力，只有个别人从《对话》或《关于1985年家用电冰箱运输情况的报告》等作品中隐约感到一种即将来临的表现都市文化的倾向。

马路带着对艺术的真诚开始迈过了艺术圣殿的门槛，他似乎只是表现了他所接受的教育和他所理解的艺术，并不想刻意追求什么现代主义观念。但他实际上又把现代主义观念带到了当时风云初起的画坛，使他不可避免地属于现代艺术的一代。观众在理解他的作品时遇到了阻力，实际上也是他为自己的起步设置了一个艰难的起跑线。

二

马路生于一个艺术家的家庭，父母都毕业于中央美术学院，母亲是新闻电影制片厂的美工师，父亲则是著名油画家马常利先生，他属于60年代

3

由苏联的现实主义学派在中国所培养的那一批最优秀的学生之一。但他的命运也和那一代人的共同命运一样，他们的青春才华只是像一道流星的曳光掠过天际，便消失在"文革"的茫茫暗夜之中。很难说马路在多大的程度上接受了他父亲的影响，但选择艺术作为他终生的事业，无疑来自家庭的熏陶。鉴于在"文革"中所受的冲击，马路的父母并不想再让孩子重蹈艺术之路。对一个孩子来说，"文革"后期是一个极其无聊的岁月，既然家庭不想让他学画，也就没像一般艺术家的家庭那样给孩子进行早期艺术教育。他幻想当一名乒乓球运动员，也想过当一名无线电专家，就是没想过当画家。父亲作画时他有时去看看，甚至还为父亲创作的革命历史画当过模特儿。他还花工夫学过恩格斯的《反杜林论》，日后他对理论的兴趣可能和这种经历还有点关系。终于什么理想都没有实现，高中毕业后他到一家袜厂当了工人。

　　马路早期的这段人生经历，就像是跟着感觉走，不知不觉还是走到了画画的行当上。进工厂之后正赶上"四人帮"倒台，厂里要搞宣传，他便画了一套打倒"四人帮"的漫画在厂里展出，从而显露出从家庭所继承的那点艺术才能。于是厂里的一些宣传活动总少不了他的事，出板报，刷标语，忙忙碌碌，忙碌之中却萌发了学画的兴趣。父母刚开始还是不想让他学画，后来见他兴趣很大，政治气候也开始宽松起来，于是不再阻止他，反而为他找了几位老师，先后教过他的有画家文国璋和雕塑家钱绍武，其中文国璋对他帮助很大，使他有机会到区文化馆进行一些较为系统的学习。从他学画的早期开始，就表现出对色彩的兴趣，这种影响可能来自他父亲。马常利先生性格沉稳，为人宽厚，虽然自己始终坚持写实的手法，但对年轻人的探索却很宽容。当马路刚从德国回来搞的那些

4

创作不被人理解时，马先生就表示过，孩子自己对这些东西有兴趣，应该让他们试试。宽容是一种知识的境界，尤其有利于年轻人的才能在自由的环境下得到全面的发展。马路并不是一个具有反叛精神的人，反倒是有一种随遇而安的性格，在他学画之初，父母完全有机会按照自己所受的教育来要求马路走上另一条道路。事实上马路在当时也没有明确的追求，但由于从一开始他就可以按照自己感兴趣的想法来画，似乎也决定了他今后对个人兴趣的尊重胜过对规则的依存。

1978年中央美术学院恢复招生，马路有幸考取了油画系，开始了正规化的学院派训练的时期。中央美院的教学很严格，也很系统，油画系的教学几乎都是围绕着人进行的，但不是精神的生命的人，而是体积的空间的人，教学的目的就是使学生能按照严格的规范来再现一个真实的人。在再现物的过程中，人也变成了物。马路感到了一种束缚，他希望有一个让感情自由流溢，让感觉自由发挥的绘画空间。在油画系学习了两年之后，随着画室制度的建立，马路报了第四画室，也就是现在壁画系的前身。那时壁画在中国还是一个新门类，形式的限制相对较小，教学方法也较为灵活。其中线描课和鼓励学生进行主观组合的静物课给他留下很深的印象。当时在壁画系任教的袁运生提出把绘画过程保留于画面之中的想法对他很有启发。因为他从小就在母亲的督促下学习过书法，虽然对此没有很深的研究，但却使他对作画过程中的心灵感应有一种悟性，只有在作画过程中把自己的感觉和情绪直接流露在形式的显现之中，才能将作品视为心灵的产物。

70年代末和80年代初，是一个在当时被称为思想解放运动的时期，随着国门缓慢的打开，在封闭了30年的美术界面前展现的是一个五光十

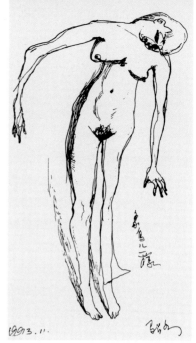

色的西方现代艺术的世界。实际上从印象派以后的西方艺术史对我们来说都是陌生的，但真正从感情和理智上能够接受现代主义艺术的人还寥寥无几，因为当时对于画油画的人来说，不论是教员还是学生，都还在忙于补上欧洲古典主义的一课。尽管马路也认识到造型的基本功是他将来从事艺术的基本保证之一，但他更感兴趣的是后印象派的东西，这在当时即是带有现代派的色彩了。在校期间，他很少临摹古典油画，倒是花了不少时间临摹凡·高和高更的作品，对塞尚和马蒂斯的东西也很感兴趣，走得最远的算是对勃拉克的欣赏了（但在他后来的作品中很少反映出立体主义的痕迹）。这种偏爱很快在他的创作习作中反映了出来，创作草图中总是带有表现主义的味道，虽然他并没有真正注意过德国表现主义的东西，这说明从一开始他就把创作看成内在感情的表达，而不是对某种事物的记述，表现主义风格是从他的内心生成的。

在追溯马路的早期经历时可以看出有两种因素对他后来的风格产生了影响。首先是他自己的性格，善于把握自己的感觉，在作出某种选择的时候，不是出自观念和理性的判断，而是任其自然。这使得他后来即便在最没有个性特征的新表现主义风格时期，都不失一种天然和纯真。其次是他尊重自己在形式上的选择，这一方面归因于他对线条色彩的独特敏感性，另一方面也由于中央美院相对开放的教学方式，以及在他的早期教育中没有接受过那种强制性的灌输。这或许是一种幸运，因为在当时不是每个人都有这种机会，大多数美术青年总是处在一种相当盲目的状况，不是受到学院派制度的钳制，就是在门户开放之后失去了自己的方位，迟迟找不到自己的位置。

1982年初，由于偶然的机会，马路获得赴西德留学的奖学金，来到汉堡造型艺术学院自由艺

术系深造。他的导师的中文名字叫碑马，是该系的教授。自由艺术即指各种独立的纯艺术，如绘画、雕塑、摄影、电脑绘画等等，区别于建筑、教育、染织等应用系科。碑马的政治观点相当激进，在六七十年代是西德资本主义现实主义的代表人物，所谓资本主义现实主义是波普艺术在德国的一个分支，主要是用照相制版丝网印刷的方法，以市民文化的种种形象来嘲讽社会现实。碑马本人并不作画，因此有人取笑他是作为不会画画的导师培养出了画画的学生，这些学生之一就是马路。碑马对马路产生了足够的影响，在观念上他倡导从更广阔的文化角度去理解艺术，在教学上他注重发现学生内心的想法，而且努力从学生在绘画过程中所出现的新东西中寻找学生的想法，也正是他使马路第一次知道了享誉西方 70 年代的博伊于斯。澳大利亚美术批评家罗伯特·休斯在谈到美国艺术的衰退时，曾指出其原因之一是美术

教育的贫乏，教员不必会作画，只要有观念就行，其结果必然导致学生操作能力的日益退化。碑马大概就是这样一位教员。不同之处是马路并不是在德国白手起家，他是带着自己的基础来德国开阔眼界的，但他在德国确实很少作画。不知是否由于碑马的影响，在留学期间他忙着四处旅游，到了荷兰、法国、意大利、希腊、奥地利以及东欧几个国家，实地考察给他的启示是艺术的表现是无限的，以前我们对欧洲艺术的了解是由画册所提供的固定的线索，似乎偌大一个欧洲只有一个古典主义的画室。面对着这个五彩斑斓的世界，马路感到失去的是自我，本来他有一双纯真的眼睛，但现在却被人为的规范束缚起来，他需要从点滴的感觉开始，重新找回失去的自我。

碑马对马路的影响究竟反映在哪些方面？从他回国后的第一次画展（在朝阳文化馆的三人联展）可以看出来，照片的剪贴明显带有波普艺术的

痕迹,这大概表现出他对碑马先生的敬意,但从内心深处说,他是一个注重手工操作的画家,不是一个以艺术为媒介来表达观念的思想家。另一些带有表现主义倾向的画则反映出碑马思想的另一个侧面,用开放的胸怀重新审视艺术并能够容纳人类文化的全部遗产。80年代初正是德国新表现主义兴起的时候,巴塞利茨和基弗等人正如日中天,马路很敏感地看到了他们的价值,但他还没有足够的时间来把他对他们的喜爱转换成自己的语言,回国后首次展览的这种风格可以视为他想完成在德国还没有来得及完成的实验。

三

从1985年开始,才可以说马路正式步入了他的艺术历程。我们大致可以从三个层次亦即三个阶段来谈马路艺术风格的形成和演变的过程。也通过这三个层次来透视马路艺术的观念。

首先是回国的初期,作品中模仿的成分较多,但这种模仿不是没有意义的。在当时,马路的作品在普遍不被理解的情况下,却能引起广泛的注意,其原因似乎不在于他的作品本身有多大的感召力,而在于他身体力行地将国人完全不熟悉的风格放到中国特定的文化环境中来进行实验。画家是通过他的眼睛来观察他的环境,因此在画家的作品中看到的不仅是画家的个性,也有促使他采用某种风格,选择某种题材所反映出的环境的制约。现代艺术对环境的理解不再限于物质的环境,还包括精神的环境,'85期间对中国的青年艺术家影响最大的两种风格是超现实主义和德国表现主义,人们急切地想反映人在特定环境中的困惑和焦虑,夏小万和孟禄丁的作品就正好是从超现实主义和表现主义的语言反映了这一趋势。这两种风格与人们习惯的现实主义手法相去不远,有可辨认的形象和可交流的感情,这也反映出人们在欣赏习惯上的心理定势。在画面上脱离了可以引起观众联想的具体的形象，观念在心理上便产生排斥接受这件作品的意向，尤其当时的观众还停留在由文学电影所引导的欣赏模式中。马路在这一阶段的作品真正具有一种超前的意识，这种意识由两种取向体现出来。其一是纯粹语言的实验，如《飞越大洋的蝴蝶》(1985)、《李逵》(1984)和《内哄》等。当人们忙于用隐晦的语言来表达某种社会意识和生活观念，一些理论家在极力鼓吹理性绘画的时候，马路似乎超然于这种时髦之外。这类作品可以理解为他是借用一个题目来实验个性、感觉和画面效果的一致性。如果一定要从《飞越大洋的蝴蝶》上寻找某种隐喻，才是真正的误读。从风格上看，马路无疑是搬用了新表现主义的手法，他并不认为这种搬用有任何不自然之处，只要表达了一种心态，反映了一种情绪，就实现了绘画的目的。新表现主义的具象是指向以美国文化为特征的抽象表现主义和非绘画的波普艺术，马路的搬用则是在国内还普遍不理解的情况下开辟一个新的造型领域。其二是都市文化的意识。在1985年前后都市题材开始出现在绘画中，但大都带有强烈的理性精神，只是把都市文化作为主题的媒介。马路的《对话》(1985)、《发型屋》(1986)和《关于1985年家用电冰箱运输情况的报告》(1985)也同样是把它们作为语言实验的媒介，但他的这类画实际上已经隐含着这样一层意思：把都市文化作为自己置身其间的最世俗的日常行为来理解。这种观念预示着一次重要的突破：现代生活构成了现代视觉经验的主要资源，而现代视觉经验又是现代艺术的根本要求之一。都市文化的基本特征是大众文化和商业文化，不管你愿意不愿意，你实际上时时刻刻在被这种文化影响和改造着。抓住了这条线索，也就找到了一个有

待开发的现代视觉艺术的语言资源。从风格源流上来看，马路用新表现主义的手法来画都市题材还是从他的教师那儿接受的波普艺术的影响，不同之处在于波普艺术是用现成品的样式再现商业化的都市生活。问题在于，人们对艺术品的欣赏并不是从自己的生活出发，而是从他所接受的惯例化的欣赏习惯出发。马路把他的目光转向人们经历的日常生活，观众却无法释读他所提供的形式。1986年2月马路在《美术》杂志上发表了一篇题为《"文化战争"中的艺术和大小自我》的文章，实际上是为自己的艺术进行了辩护。"文化战争"的概念就是中西文化在巨大的时空差的条件下的激烈碰撞，而这场战争的关键就是对民族文化的大自我和个别艺术家的小自我的把握。显然马路在主观上是把自己置于两种文化的碰撞之中，因为碰撞是在交流和移植中实现的，而他的创作则是这个过程中的一环，但移植不是盲目的，是一种个性与人格的实现。马路这种思想反映了当时不少青年艺术家对待西方艺术的态度，不过马路刚从国外回来，不管人们理解不理解，至少对他直接受过西方艺术的训练表示了尊重。从更高一点的角度来看，对马路来说，这场文化战争无异于一场征服自我与征服观众的战争。

无论是征服自我还是征服观众，在一个更大的文化环境的影响下，自我和观众都必须接受它的支配。作为思潮的'85美术运动教育了观众也教育了艺术家本身。我们将从1987年到"现代艺术展"的这段时间作为马路艺术发展的第二阶段，其突出特征就是对自己的方位进行了调整，加强了形象的可识别性和形式的可解释性。这种转变并不说明他对自己的艺术与观众之间的关系作了何种程度的妥协，而是他对作为造型语言的表现主义有了新的认识，还有一个客观的原因就是中

1994. 7.

央美院的教学环境迫使他对风格化的语言有所收敛,以适应教学的需要。主要反映了教学影响的是一批以《人体》为题的油画,这种影响不是指风格或形式,而是指题材。在前一阶段,马路在题材上可以说是无拘无束的,完全是把自己有意无意从生活中看到的事情作为感情和形式表现的媒介。《人体》在题材上限制了他对生活的直接感受,但在技法上却使他在更深的层次上掌握表现主义的语言。从现代艺术的角度来看,人体具有两重性,一方面是作为人文主义的产物,由学院派的画室制度所固定下来的传统艺术的一环;另一方面,现代艺术又把它作为一种文化符号接受下来,进行纯语言的展示。从塞尚到毕加索的人体画都可以看出,人体已失去了作为题材的意义,而是在这一由传统所规定的符号上来表现他们的形式意识,也就是说,观众从各个历史时期和各个风格流派必定要选择的这个符号上,很快就能作出在形式上的判断。因此人体在现代艺术中完全可以作为纯观念和纯形式的表现来看待。从这个意义上来看马路的人体作品,就可以把它们看作与抽象艺术相等同的形式探索。无独有偶,马路在这一时期也搞了几幅大型的抽象作品,在观念上可以把它们看作人体画的延伸。马路的人体画除了在"首届油画艺术人体大展"(1988)上的那幅是用表现主义来修饰学院派风格的作品之外,其他的作品都是在开掘表现主义语言的表现力。这些画具有两个显著的特征:其一是由感情所驱使的笔触和色彩。将他1987年的作品与他1985年的作品进行比较,增加了笔触的厚度和色彩的力度。1985年的作品用笔潇洒,颜色稀薄,色调多为邻近色。1987年的作品笔触苍劲凝重,颜色厚重,对比色运用较多,画面上回荡着一种交响乐的气氛。但这种气氛是悲剧性的,这无疑是由于生活给了他新的认识。两种心态完全可以理解为对社会生活的两种认识和环境给个人生活带来的两种不同遭遇的结果。其二是在形象上丝毫不回避存在与毁灭、美好与丑陋的强烈对比。甚至直接用恶心和丑陋作为主题,来表现被压抑的情感与被漠视的个性。《1988.人体》很难排除画家在构思中不包含有隐喻的含义,除了无头人体引起恐惧与怪诞的联想外,画面的构图也明显带有样式主义的倾向。艺术家和观众都是生活在共同的环境中,在共同承受着生活给他们的欢乐和恶梦,不过是马路把他想讲的话讲出来了。马路以前所提出的"文化战争"的概念被自动地消除了,因为他已经把新表现主义的语言转换成了自己的语言,如果把新表现主义理解为以具象的形式来反对抽象艺术和观念艺术对艺术的垄断,从形式主义的角度反映了西方不同文化源流之间的价值观,那么马路现在的艺术则把中国人易于接受的现实主义精神和人文理想融入了他的作品之中。但是在实现这个自我改造的过程中,他把在德国接受的某些有积极意义的东西也消解了,即那种隐藏在波普艺术中的对世俗生活和日常行为的关注。这大概也不是马路个人的问题,中国在走向现代工业社会的进程中所遭遇的激烈思想动荡和价值落差,迫使人们更多地思考一些重大的社会政治历史等问题,而只有当人们在消费生活中感受到了物质的支配力量时,才会把自己的日常生活作为一种价值观的物证。因此,怎样在一种人文理想的精神状态下来表现都市文化,实际上成了马路的新课题。

1991年3月,中央美院七八级油画系校友举办了"三月"画展,这个展览带有联谊会的性质,因为展览没有任何统一风格或相对接近的观念,把他们维系在一起的只是同学情谊。其中引人注目的仍然是夏小万和马路。"'89 现代艺术展"是中国现代艺术史上的一个重要转折点。1989 年以后，由于各方面的原因，新潮美术陷入低潮，这对坚持实验现代艺术的人来说是一个不小的冲击，马路更是如此，因为他在"现代艺术展"上展出的抽象绘画并没有达到预期的效果。"三月"画展再次显露出马路"跟着感觉走"的个性特征，他永远不会安于现状，总是想在他所感受的生活和他所选择的形式之间找到一个结合点。夏小万则与此相反，几乎从 1985 年以来他在风格上就没有明显变化，他仍在不断地开掘自己的内心世界，但在文化环境发生了剧烈变化之后，语言表达的方式不发生变化，风格就很容易沦为一种样式化的手段。马路的语言仍然是新鲜的，但他也陷入深刻的矛盾中，这个矛盾就是题材与形式的两难选择。可以说自从他摆脱了德国情结之后，一直在力图解决的问题。"三月"画展可以视为这种努力的结果之一。就马路自己而言，他似乎没有过多地考虑形式问题，他说："我的绘画题材大都来源于生活中的事物，我的创作从来不用模特儿，题材都是经过脑子的加工再掏出来，这些题材都是城市生活，但我并不想画生活表象，生活中的形象以及流行的形象具有生命力，但缺少意味，我要给它们以意味，让它们有内容，我不复制，也不嘲讽生活，其实，生活本身就是悲喜交加的。"显然，从马路的话中可以看出，他仍然继承了中国现代绘画的现实主义传统，不是把都市生活看成形式语言的资源，而是把它看成艺术表现的对象。但如果把现实主义再作进一步的分解的话，就可以看出它具有物质的和精神的两个层次，在艺术上的反映则是有再现的和表现的两个层次。马路最终是在精神的和表现的这个层面上找到了自己的归宿，而且他总是根据自己的个人体验来表现，虽然对小我的

表现并不是对大我的自觉把握，但他的画是从个人的精神缩影中看到一个世界，感悟到生命在这个世界中的存在、挣扎、逃避或奋斗。因此马路的都市题材并不是一个世俗的、受传播媒介支配的亚文化世界，而是一个知识阶层的精神领域。尽管马路自己谈到他以城市生活为题材，但他的画却不会使人一目了然地看出画的内容和含义，他的画需要破译。画于 1990 年的《默与天言》和《闹中取静》在表面上能隐约看出城市的生活环境，但画的主题决不是画面上直接呈现给我们的东西，色彩、笔触和隐喻的代码构成了画面的整体气氛。可以认为，他是把都市生活的感受、人生经历的感慨和某种即时的情绪交织在一个画面上，偶然见到的某一事物成为把这种感受和情绪引发出来的契机。

在分析马路作品的时候有两种应该排除的情况，否则会造成误读。其一是并非对具体事件的表现和暗示。除了在标题上有明确的说明之外，如自画像，很难在马路画面的意象上找到与现实的某种具体事件的对应关系。人对世界的认识和经验并不是处在一种明晰的状态中，人生的焦虑来自欲望与现实之间的无法逾越的鸿沟，我们无数琐碎的日常事件实际上是被不可逃避的规范与惯例笼罩着，我们被自己的文化所塑造，同时又成为这种文化的牺牲品，都市文明正以它强大的传播媒介制造千篇一律的产品一样来抹杀每一个别人的自我，对马路来说，艺术成为抗衡这种现代机器的最后一块领地。像《闹中取静》这一类画反映的就是这样一种不可言状的焦虑。其二是不应该把马路的画看成超现实主义或象征主义的隐喻。象征主义最基本的概念就是用一个事物喻示另一个事物，艺术家所要表达的意思并不在他直接描绘的形象上。也就是说，作者在画面上设定了有

明确指向的代码，通过对代码的释读来领悟隐藏在画面之后的东西。像前面所指出的那样，马路在画面展露的是由经验、情感、思想和知识构成的自我，他把作画看成实现自我的一种行为过程，这也是在阅读马路的画时所遇到的阻力之一。但从一开始，马路就不是很关心他的画是否会被一般观众所理解，如果把作画看成一种自我调整的行为，那么每一个人都有他处理世界的方式，而且也不是每一个人都要求别人对这种方式作出解释。

四

艺术作品最终是以其与众不同的特征来诉诸观众的，艺术家的风格就是其个性展示的方式。从1989年以来，马路的艺术风格出现了相对稳定的趋势，题材和主题逐渐退隐，而以意象和形式来直接打动观众。意象指画面上一切可以辨认的人物、环境和物体，但作品的目的又不在表现具体的形象。在马路画中意象的表现力主要取决于形式的表现力，但形式的表现力又离不开对意象的选择。在画面上离开了可辨认的意象，马路是否还可以创造出有表现力的形式，这点没法证明，因为他的抽象艺术的实验没继续往下进行，从他的气质及所受教育来看，具象的表现主义风格已经成为他最有表现力的手段。在题材、意象和形式的三者关系中形式逐渐占据了主要的地位。形式淡化了对意象的隐喻式猜测，而在某种程度上又成为画面真正的主题。

马路绘画的形式因素主要由三个部分组成，即构图、色彩和笔触。

用"静如处子，动如脱兔"来形容生活中的马路与画面上的马路似乎很恰当，性格沉静、随遇而安的他在画面的构图上却具有暴风雨式的张力。这可能是一种天生的素质。在回国初期的作品中就很明显地具有这种特征，如《对话》，这是马路自己所称的典型的都市题材，两个在电话亭里打电话的人。他省略了对题材在内容上的直接辨认，只能隐约看出两个人模糊的身影，背靠背地挨着，形成两个对立的弯弓，而电话亭的方框又强化了这种对抗与压制的关系。在马路的自述中几乎没有谈到过他对这种处理方式的思考或追求，他总是强调无意识在作画过程中的支配作用，而这种对抗性的张力在他的画中又几乎随处可见。甚至在"人体大展"上的作品也反映出这一特征。在马路的创作中，这幅《坐着的女裸体》可能是他最写实的了。模特儿的头部、躯干和大腿分别成扭曲状朝向三个不同的方向，形成一种放射形的开放结构。如果把这幅画与他早两年的《飞越大洋的蝴蝶》作比较，就可以看出近乎抽象的表现主义手法与半学院化的人体写生之间在构图的张力上所具有的这种内在的联系。1989年以后的作品在构图上显得更为复杂和激烈，尤其是那几幅以人体为题材的画，色块、体积和线条无处不置于被强化的对抗之中，在某种程度上甚至都不惜牺牲构图的完整性。这种状况就像西方美术史上对样式主义的评价一样，内心的不安和冲动最终破坏了古典主义的教条。

马路曾经谈到他初学画时对父亲的风景写生很感兴趣，临摹过他的一些作品，这种兴趣可能为马路日后的发展打下了一个色彩的基础，马常利先生的画至今还具有野兽派的色彩风格。马路的色彩在饱和度上也具有这些特征，但他没有一般地追求那种高调的和谐，而是用一种不协调的色彩关系所造成的视觉上的强烈对抗来表现一种精神状态。在他的色彩上很少看见那种牧歌式的情调，而是充满着紧张和压迫感，他不是利用一般的冷暖对比，而是在一种纯色和脏色的关系中来构筑画面的基调，而且往往是用单一的倾向来强化一种感受。如《黄花堆》(1991 年 3 月)，大面积的黄色掺杂着没有明显色相的脏色，更加显得低沉压抑；而《自行车，坦克，黄瓜》则是用红色作为基调，给人的感觉似乎是从一个精神高度紧张的人的目光中看到的世界。不管马路的绘画采用什么样的基调，在整体上都是通过色彩的强度来表达一种精神状态。这样我们还可以作出另一种假设，马路处理色彩的方法并不在于有意识的设计，而在于行动的过程，一旦确定了主题和意象（如上所述这两者都是不具体的），具体的操作过程就处于无意识的支配之下，一切画面的效果就在行动的过程中实现。也只有在这样的境况下，才可能实现即时的精神状态与画面效果的统一。

在马路的绘画中笔触具有独到的表现力，但没有使它完全独立出来，在画面上的作用主要是加强色彩的运动感和意象的厚重感，在某些作品中则对画面的气氛起到一种主要的烘托作用，如《金银街》(1989 年)。在马路的作品中，作为风格的笔触有两个明显的阶段变化。刚从德国回来时，用色非常稀薄，好像是用大量的油把颜色稀释后再泼洒到画布上去的。用笔也显得流畅，具有某种后色彩抽象的意味。促使马路的用笔向凝重苦涩转变的重要因素并不是他在风格上的刻意追求，而是文化对他的改造。这主要体现在两个方面：首先是他自己对艺术认识的深化，从他所发表的一系列有关他自己的艺术观点和介绍国外艺术家及艺术思潮的文章中可以看出他的艺术观念正在稳固地形成；不再是被动地接受学院的训练（不论是国内的还是国外的）和流行思潮的影响，而是依靠自己知识的增长作出判断。其次是日常生活环境所构成的生活经验对艺术观念的影响，实际上，艺术家作为普通人的生活，每天也在同样经历着普通人的困惑，作为教师的马路也和中国所有的普通教师一样承受着同样的精神负担，如果我们再把作画的行为看成这种日常生活的一部分，就可以在两者之间找到共同点。美术史家在对历史上的艺术家进行考察的时候发现，笔触和画家本人的签名一样，具有不可互换的符号性。当艺术家在他自觉选择的主题上创造了他的笔触之后，笔触对这种主题就具有了某种依附关系。这样的观点同样适合对马路作品的分析，他的用笔是在他所选择的都市题材和意象中形成的，实际上表达了他对人生与境遇的看法，那么当他用同样的风格来画肖像或风景的时候，我们也同样可以从这种非主题性的绘画中看出他的主题的干预，而在这中间起作用的就是他那高个性化的色彩和用笔。

从主题、意象到技术，我们伴随马路走过了一段并不漫长的心路历程，他的艺术像一面明镜，毫无遗漏地敞开了他的内心世界。他从来没有表示过任何形式主义的观点，但他又确实是从他的形式风格中向我们诉说他的人生经验和感受。现代艺术的发展为人们对艺术的选择展示了无比丰富的可能性，而选择你自己则是最基本的出发点。马路今后还有很长的路要走，我们也不可能对他在目前中国新一代艺术家中的地位作出简单的判断，但从他的经历和他的艺术中却至少看到了一种前景：把自己作为一个社会的人、历史的人来把握，才可能冲决既定的规范和西方现代艺术的阴影，在中国土地上创造出我们的现代艺术。

1992 年 6 月于中央美术学院

1. 对话
亚麻布、油彩
100×130cm　1985 年

2. 1985 年家用电冰厢运输情况的报告
亚麻布、丙烯
100×130cm　1985 年

3. 抗静电地板
亚麻布、油彩
100×100cm   1986 年

4. 发型屋的长明灯
亚麻布、油彩
100×100cm　1986 年

6．虹
亚麻布、漆、油彩
129×89cm　1988 年

7. 金银街
亚麻布、铜粉、铝粉、漆、油彩
81×100cm　1988 年

8. 恐怖主义
亚麻布、铜粉、油彩
80×80cm　1989 年

9. 闹中取静
亚麻布、油彩
72.5×60cm　1990 年

10．一默如雷
亚麻布、油彩
61.5×76cm　1990 年

11. 赤壁之战
亚麻布、油彩
72.5×60cm　1990 年

14. 默与天言
亚麻布、油彩
72.5×60cm　1990 年

15. 浪里高楼
亚麻布、油彩
72.5×60cm　1990 年

16. 自行车,坦克,黄瓜
亚麻布、油彩
72.5×60cm　1990 年

17. 大落黄沙
亚麻布、油彩
72.5×60cm　1990 年

18. 天斗
亚麻布、油彩
180×193cm　1991 年

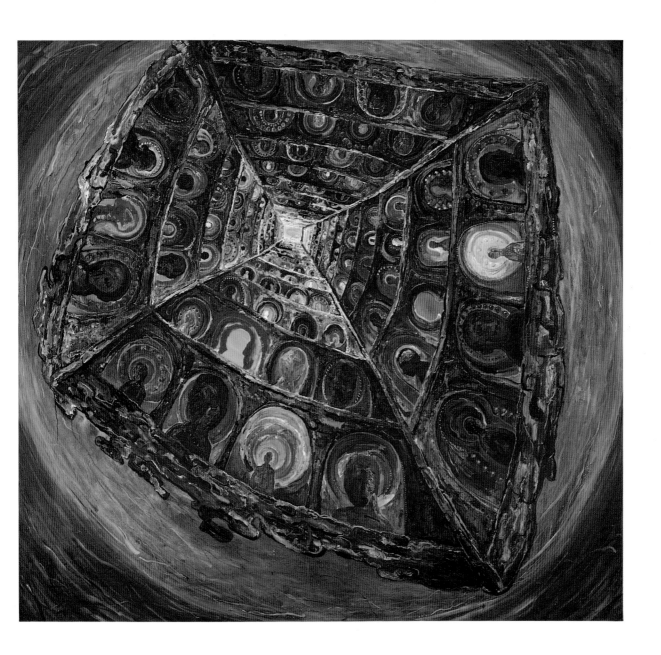

19. 红色肖像
亚麻布、油彩
40×31.5cm　1991 年

20. 莲蓬
亚麻布、油彩
72.5×60cm　1991 年

21. 杯中的冰山
木板、油彩
44×43.5cm　1991 年

22. 戴眼镜的肖像
亚麻布、油彩
40×31.5cm　1991 年

23. 儿子
亚麻布、油彩
40×31.5cm　1991 年

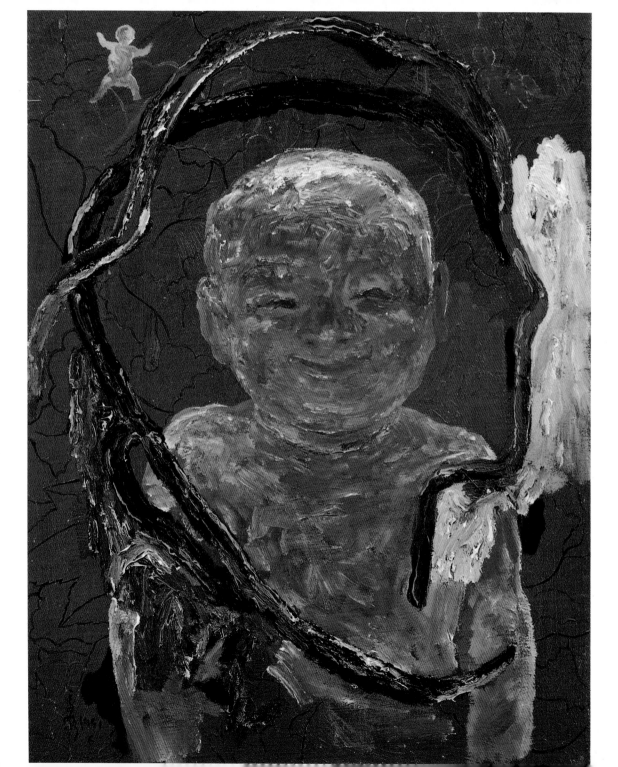

24. 老象
亚麻布、油彩
150×180cm　1992 年

彩图目录

做梦和改名

马 路

我爱睡觉,因为懒。

睡觉未必能偷得到多少懒。有时睡多了反而觉得更累,一觉醒来,不但没有精神抖擞,反而浑身酸疼。最让人不得闲的就是做梦。报上说的好,睡觉时,要分深睡浅睡两期,好像是浅睡期比深睡期多很多,这期间眼球乱转、做梦不止,无人能够幸免。

我经常做梦,也就经常很忙。

我的梦题材广泛、形式多样、酸甜苦辣都有,少数几个梦特别恶劣,却特别具有点化作用。恶劣的梦,本来就难忘,又不想忘,就记得特牢。这也是忙于做梦的报酬吧!

1983年底,我还在德国汉堡。一日晚,恍恍惚惚花了两千马克飞到一处,办了手续,过了海关,就进入了一遍白茫茫之中。一个人带着我飘飘地往前走,依然是没有背景的白茫茫,影影绰绰地走来一长列的人,粗略估算,有百余人之多。走近看去,原来是两队,相对而行,四周有人看守,都是相同的着装,很多面孔竟然非常熟悉,猛地想起来都是大学的同学,一个个在我面前走过,没有表情,更没有言语。那两队人每人都背着一个巨大的箩筐,里面装满了石块,各自挖对方的大坑,填自己的大坑。他们的劳动相互抵消,往往复复,始终没有成效。

这是一个没有色彩、没有声音、慢慢腾腾的梦,梦中醒来早惊得满身冷汗。

1978年9月考入中央美术学院油画系的同学一共有12个,到1982年初我去德国,我们共处了三年多的时间,吃、住、学习都在一起,那时候学习气氛浓,思维方式也不同于现在,既没有"文革"期间的政治头脑,也没有现在的经济头脑,同学间的人际关系很是自然。在国外两年半彼此之间并没有书信往来,相见之后却仍能气味相投。

这是一群单纯的人,也许是时代的关系,对生活都没有过分的奢求,我们把很多事情看得很淡。记得有一次聊到毕业之后的将来,大家竟然一致同意落户到山区,找一个小村,边耕地种田边作画,过一种赛过活神仙的生活。聊着谈着都感动起来,好像这乌托邦式的梦想就是明天早上的棒子面粥,那么真实。

命里注定,我是第一个叛徒。我在德国过得很舒服,除了学德语时不可避免的头疼之外,其他任何项目都颇适应,以至于舒服得直想睡觉,但是那个乌托邦式的梦想我也一直没忘。

第一个叛徒总会有些惭愧,其结果之一就是做梦。

1984年底我又回到了中央美术学院,由学生变成了教师。我这些同学虽各自的境遇好坏不同，但绝对没有噩梦中那样悲惨，更没有自相残杀。梦毕竟是梦。

梦的好处在于似是真实又不真实，这很像艺术，观众感动得悲喜交加，又不与其发生直接的切身关系，于是欣赏才能成立。梦又是愿望造成的，也是表述愿望的手段，这也很像艺术。

每当闲极无聊的时候，就会想起那个梦。

一个梦到今天，也快十年了。人，所关心的是人，所防范的也是人，爱的是人，恨的也是人。总结起来三个字：人真蠢。

我们这些同学后来形成了一个艺术圈子，一起办了几次展览，也算是有些影响。说来也怪，在这个圈子里每个人的路数、风格很不相同，组合在一起有点后现代派的味道，看来维系这个圈子的，除人情之外，更主要的是共同的终极愿望，我们彼此间种种的不同不过是从各个角度、用各种方法来证实这个共同的愿望的应该和必须。

只要不是光为了自己，再有什么不同也不过是对人类实现其最终目的丰富和完整。

人和人都一样，人活着不是为了抵消别人的劳动、别人的价值以至于别人的生命。

我爱睡觉，但如此的噩梦却不想做第二遍。

我姓马，名路，回族。和中东的马哈茂德也许有些关系，但家无族谱，一切都不可查了。

夫人心眼儿好，不愿意这一家三口有什么好歹。正巧有位先生有本书，看名字算命运。夫人把全家三口的名字尽数拿去算，算来算去夫人的名字最好，儿子次之，略作改动便可平安无事，我的名字最次，竟然事事不顺，处处逢灾，非改名不可。

凭心而论，我的前半生 33 年基本上过得不错，加上我这个人知足常乐，自觉是上上大吉，或许是八字好两两相抵？即便如此，按书中的说法还是应该改名，哪怕用个笔名也可冲它一冲。

其实人的名字哪有那么严重，叫什么都可以，又不是非要名实相符，只不过名字能够表现出文化和习俗，而文化和习俗又都是寄托了人们的愿望。比如说，我可以不姓马，但是姓马可以表现出亲缘关系，表现出血脉的传承，那么我又何必不姓马。同样，我何必不用这个笔名冲一下我的厄运，起不起作用不去管它，把这个事情做了，使夫人放心。

这种用名字测命运的方法主要是看笔画数，书中说四画为宜，查了字典，选了一个夫字，于是笔名马夫。马夫和马路本意相同，都是为马服务，而马又是为人服务，可谓不改初衷，而夫字又为天字出头，实在是前程远大。

所以我这里郑重宣布：如遇以马夫为笔名者，而且言语行止俱佳，自当是本名马路的本人。

创作年表

马路,笔名马夫,男,回族。1958 年生于北京。

1978 年 考入中央美术学院油画系。

1980 年 参加北京市青年美术作品展。

进入中央美术学院油画系壁画工作室学习。

1981 年 随壁画工作室赴大同、洛阳、西安、天水、兰州、嘉峪关、敦煌等地进行中国古代艺术考察。

通过高等教育部壁画专业出国研究生考试。

中央美术学院油画系毕业,获学士学位。

1982 年 在联邦德国歌德语言学院参加为期半年的德语学习。

通过联邦德国 DAAD 基金艺术奖学金生资格考试,获 DAAD 奖学金。考入联邦德国汉堡造型艺术学院自由艺术系,导师 KP. Brehmer。

1983 年 在东、西德各地参观博物馆及画廊、文化古迹。再次通过联邦德国 DAAD 基金会艺术奖学金生资格考试,获 DAAD 奖学金。

1984 年 在荷兰、比利时、法国、意大利、南斯拉夫、奥地利、瑞士、希腊等地参观博物馆、画廊、文化古迹。参加联邦德国汉堡造型艺术学院学生作品展。

联邦德国汉堡造型艺术学院自由艺术系毕业,研究生。

回国。

在中央美术学院壁画系任教。

1985 年　捐赠非洲灾民联展（马路、夏小万、广曜三人画展）。
　　　　壁画系'85 展。
　　　　十一月画展。
1986 年　壁画八人展。
　　　　任中央美术学院壁画系讲师。
1987 年　中央美术学院教师双年展。
　　　　走向未来画展。
1988 年　首届油画人体艺术大展。
　　　　素描艺术大展。
　　　　中国现代油画展（日本）。
1989 年　中国现代艺术大展。
　　　　中国美术家协会会员。
　　　　中国表现艺术展。
　　　　第七届全国美术作品展。
1990 年　中央美术学院建院四十周年院展。
　　　　中央美术学院油画、雕塑展（新加坡）。
1991 年　三月画展。
　　　　中央美术学院壁画系教师作品展。
　　　　中国当代油画展（香港）。
1992 年　"二十世纪·中国"美术作品展。

中国现代艺术品评丛书
主编　水天中

杨飞云　孙为民　朝　戈　刘小东　尚　扬
丁　方　陈钧德　戴士和　许　江　曹　力
宫立龙　谢东明　马　路　石　冲　阎　平
丁一林　刘　溢　罗中立＊　何多苓＊
艾　轩＊　程丛林＊　贾涤非＊　毛　焰＊
申　玲＊　段正渠＊　王玉平＊　贾鹃丽＊
洪　凌＊

注:有＊者为即出

　　一套展示 20 世纪末中青年艺术家图式风格的丛书;她向所有有成就的艺术家敞开大门。
　　一套记录了一个翻天覆地巨大变迁时代的宝贵美术史料;众多探索者在这里留下不可磨灭的足迹。

出版策划　甘武炎
总体设计　苏　旅
责任编辑　苏　旅
责任出版　吴纪恒
特约校对　蔡素琴
（桂）新登字 07 号

马　路

中国现代艺术品评丛书

主　编:水天中
副主编:戴士和
　　　苏　旅
出版人:甘武炎
出　版:广西美术出版社
经　销:全国各地书店
制　版:高迪(深圳)电子分色有限公司
印　刷:深圳当纳利旭日印刷有限公司
开　本:1194×889　1/24　3$\frac{1}{3}$印张

1996 年 10 月第 1 版第 1 次印刷

印　数:3000
书　号:ISBN7－80625－113－8／J·90 定价:38 元(精)
　　　ISBN7－80625－114－6／J·91 定价:28 元(平)
定　价:(精)38 元　(平)28 元